AF340892

# Vente du Lundi 6 Novembre 1899

## HOTEL DROUOT, Salle n° 11

*A 2 heures précises.*

# MEUBLES ANCIENS

## DESSINS ET TABLEAUX

# ANCIENNES FAIENCES

**De Rouen, Nevers, Marseille, Strasbourg, Beyreuth, etc.**

# BOUCLES ET BOUTONS

*En stras, XVIII<sup>e</sup> siècle*

# MINIATURES & GRAVURES

## DES XVII<sup>e</sup>, XVIII<sup>e</sup> SIÈCLES & EMPIRE

## ANTIQUES

# Bijoux, Argenterie et Bibelots de Vitrine

## COLLECTION DE COCARDES FRANÇAISES

| *Commissaire-Priseur* | *Expert* |
|---|---|
| **M<sup>e</sup> H. SANONER** | **M. G. COURTOIS** |
| **4, square La Bruyère, PARIS** | **72, rue d'Auteuil, PARIS** |

## EXPOSITION PUBLIQUE

*Le Dimanche 5 Novembre 1899, de 2 heures à 6 heures*

IMPRIMERIE CHAIX, RUE BERGÈRE, 20, PARIS. — 22936-10-99. — (Encre Lorilleux).

# CONDITIONS DE LA VENTE

---

*Elle sera faite expressément au comptant.*

*Les acquéreurs paieront cinq pour cent en sus des enchères.*

*L'exposition mettant le public à même de se rendre compte des objets, il ne sera admis aucune reclamation une fois l'adjudication prononcée.*

*L'ordre numérique ne sera pas suivi.*

---

# DÉSIGNATION

## CÉRAMIQUE

1. — Moutardier décor polychrome, ancienne faïence de **Rouen**.
2. — Ravier camaïeu bleu.
3. — Assiette en terre de pipe, à fleurs polychromes.
4. — Assiette à la rose. **Strasbourg**.
5. — Assiette à la corne. Ancienne faïence de **Rouen**.
6. — Assiette polychrome à fleurs, ancienne faïence de **Strasbourg**, marque de **Hannong**.
7. — Six anciennes assiettes en porcelaine à filet or et camaïeu noir. Au centre, en costume 1820, une femme vue de dos et de face.
8. — Pichet à la corne, ancienne faïence de **Rouen**.
9. — Amphore camaïeu bleu.
10. — Buire camaïeu bleu, ancienne faïence de **Bayreuth**.
11. — **Gourde** camaïeu bleu, **Adam et Ève** avant et après le péché. Ancienne faïence de **Nevers**.
12. — **Assiette** contour dentelé, marli à fleurs rehaussées d'or ; au centre paysage et personnages, décor polychrome, ancienne faïence de **Marseille**.
13. — Deux assiettes ancienne faïence de **Samadet**.
14. — Assiette aux oiseaux. Faïence d'**Apret**.
15. — Assiette à fleurs polychromes, ancienne faïence de **Marseille**.
16. — Fontaine décor polychrome, ancienne faïence de **Rouen**.
17. — Deux statuettes en porcelaine de **Ginory**.
18. — Amours portant une corbeille, pâte tendre.
19. — Vénus sur un tigre, pâte tendre.
20. — Tasse à deux anses et soucoupe, forme octogone, porcelaine décorée, vieux **Saxe**.
21. — Deux statuettes : Fantassin et Cavalier, **Retraite de Moscou**, anciennes.

22. — Plusieurs pièces en faïence, de diverses marques.
23. — Brasero en faïence Louis XV.
24. — Paire de vases en porcelaine de **Chine**, garnis de bouquets en bronze doré.
25. — Quatre tasses et soucoupes porcelaine dite de **Chantilly**.
26. — Faïence non cataloguée.

# GRAVURES, TABLEAUX

27. — Pastel : *Portrait d'une cantatrice*, xviiiᵉ siècle.
28. — Gravure ancienne : *L'Essai du Corset*.
29. — Lithographie en couleurs : *La Défense du drapeau*, **Charlet**.
30. — Deux gravures : *Le Rideau et les trois Grâces*, **Goupil**.
31. — Suite de quatre gravures coloriées : *La Demande en mariage, La Célébration du Mariage, Le Retour de l'Eglise, Le Repas de Noce*. **Jazet**.
32. — Deux gravures coloriées : *Le Lever des Ouvrières en linge et Le Coucher*. **Bosio**.
33. — Deux gravures en couleurs : *The Wife of Bath* et *January and May*, cadres Louis XVI anciens.
34. — Deux gravures : *Enlèvement de police. Déménagement d'un peintre*. **Jeaurat**.
35. — Dessin à la plume : *Vénus et Amour*, par **Mˡˡᵉ Ridderbolch**, 1806.
36. — Deux gravures en couleurs : *Le Départ* et *le Retour*, **Isabey**.
37. — Gravure.
38. — Gravure : *La Marchande de Noisettes*, cadre bois **doré**, ancien.
39. — Plusieurs tableaux, écoles diverses.
40. — Deux gravures : *Les Guerres de Louis XIV*.
41. — Quatre esquisses encre, crayon et couleurs, sous verre, par **L. Leloir**.
42. — Gravure : *Miss Fitzherbert*, **R. Cosnay** *pixuit* ; cadre doré, époque Louis XVI.

43. — Gravure.

44. — Gravure en couleurs : *M^me de Belmont dans Fanchon la Vielleuse.* **H. Vernet.**

45. — Cinq dessins coloriés par **Grévin.**

46. — Gravure avant la lettre : *L'Innocence,* an VI.

47. — Quatre esquisses crayon et couleurs, par **Gérôme.**

48. — Dessin au crayon : *Le roi Henri II,* attribué à **Chartran.**

49. — Esquisse au crayon : *Paysanne,* par **G. Mélingue.**

50. — Une autre : *Paysanne Louis XV,* par **M. Leloir.**

51. — Quatre autres : *Etienne Marcel, Henri III,* par **L. Mélingue.**

52. — Plusieurs esquisses à la plume, crayon et couleurs, par **A. Cabanel.**

53. — Dessin à la sépia : *Le Premier-né,* par **Collin.**

54. — Dessin au crayon : *Gommeux en 1855,* par **Carjat.**

55. — Deux dessins, crayon et couleurs.

56. — Trois esquisses à la plume : *Coiffures et costumes militaires,* par **E. Detaille.**

57. — Deux médaillons : *Portraits peints sur bois.* **Cadres en bois doré sculpté.** Époque XVII^e siècle.

58. — Toile ancienne : *La Surprise.*

59. — Deux gravures en couleurs : *La marchande de citrons et de cerises.*

60. — Une autre : *Le Destin règle le cours de la vie.*

61. — Deux gravures coloriées : *L'amitié les conduit, L'amour les ramène.*

62. — Suite de huit gravures en couleurs tirées de l'Histoire des **Incas,** de Marmontel.

63. — Suite de six gravures en couleurs : *L'Enfant prodigue.*

64. — Deux gravures noires anglaises.

65. — Deux gravures noires : *La Rose mal défendue, Qui s'y frotte s'y pique.*

66. — Deux gravures : *Les Amours enchaînés par les Grâces, Le Jeu des Grâces et des Amours.*

67. — Dessin à la plume et au lavis par **Moitte** : *La République Française couronnée par le Génie.* Époque Révolution.

68. — Dessin à la sépia : *Les Massacres de Septembre.* Époque Révolution.

69. — **Esquisse crayon et couleurs par Delort** : Seigneur Louis XIII.

70. — Esquisses coloriées attribuées à **Worms**. Costumes civils et militaires.

71. — Plusieurs dessins, gravures et tableaux en lots.

72. — Deux gravures en couleurs : *Geneviève des Bois, comtesse de Brabant* et *L'Innocence reconnue.*

73. — Trois gravures en couleurs : *L'Indiscrétion, La Comparaison, L'Aveu difficile,* **Lavrince.**

74. — Trois lithographies coloriées: *La mariée, Le deuxième mois, Le neuvième mois.* **L. Boilly.**

75. — Quatorze gravures et lithographies coloriées : *Costumes militaires.* **Martinet, Canu** et autres.

76. — Deux gravures anciennes : *La Pantoufle, L'Indiscret.*

77. — **Collection de gravures coloriées,** anciennes, satiriques, ayant trait à l'histoire de Napoléon et de la Restauration, comprenant :

    **A.** Seize pièces relatives à **Napoléon :** *Cri de Paris, La Lecture des journaux, Le Commencement et la fin, Balançoire, Autant en emporte le vent, Le Carnaval de 1814. Le Tapecu, Général sans pareil, Colin Maillard, Le pâté indigeste, Crise salutaire, Ah! papa, tu t'es fait bien du mal, L'Embarras de la Toilette, Du haut en bas, Le Courrier du Rhin, Le Degen politique.*

    **B.** Trois autres ayant trait à **Louis XVIII :** *Ma tante Urburette, Le Plaisir, A Versailles, à Versailles !*

    **C.** Deux autres : *Le Jugement de Pâris, La Vénus Hottentote.*

    **D.** Neuf autres variées.

    **E.** Trois autres : *Les Russes en bonne fortune, Les Cosaques en bonne fortune, Les Russes et les Anglais en goguette.*

    **F.** Trois pièces : *Le Lutrin de Village, Le Confesseur de Village, Le Sermon de Village.*

    **G.** Quatre autres : *Costumes russes, Discipline militaire du Nord, Soldats de l'armée russe, Groupe de Cosaques.*

    **H.** Deux autres : *Les Incroyables au billard, Le Délassement des Politiques.*

    **I.** Trois autres : *Faut-y qu'un homme... soit cochon, Reviens-y, polisson. Je vous présente mon hommage.*

    **J.** Trois autres: *Les Nouvellistes.*

    **K.** Deux autres : *Les Patineurs anglais, Les Élégants anglais à Paris.*

**L**. Deux autres : *M. D'Argentcourt faisant son savonnage du samedi, M. D'Argentcourt dans l'embarras du choix.*

**M**. Deux autres : *La suite d'une goguette, J'aspire aussi, moi.*

**N**. Seize autres variées.

**O**. Trois autres : *Costumes militaires, satiriques.*

**P**. Deux autres : *Royale Picuite, Volontaire maraudeur.*

**Q**. Sept autres : *Les hauts Alliés, Le Lys confessant la Violette, Le Printemps de 1815, Les journaux en mai 1815, Gouvernement paternel, Le Barbier de l'île d'Elbe, Il est arrivé, sauvons-nous.*

**R**. Deux autres : *L'arrivée, Lord-ible déclarant son amour à Lady-forme.*

**S**. Suite de quatre gravures : *M. de la Jobardière.*

78. — Deux gravures coloriées : *Avant, Après.*

79. — Gravures, dessins et tableaux non catalogués.

---

# MINIATURES

80. — Miniature ovale : *Jeune femme drapée rouge, épaule nue tenant une lyre.* Époque XVIIIe siècle.

81. — Miniature ronde : *Jeune femme en robe blanche.* Empire.

82. — Une autre : *Femme en peignoir blanc et en bonnet.*

83. — Miniature ova'e : *Portrait d'un seigneur.* Époque Louis XVI, cadre en or garni de perles fines.

84. — Miniature ronde : *Femme en robe blanche décolletée.* Empire.

85. — Miniature ovale : *Jeune femme en robe blanche décolletée,* signée M. Ruffel, 1830.

86. — Miniature ovale : *Jeune femme en corsage grenat décolletée, coiffée d'un large chapeau de paille, portant un panier de fruits et de fleurs.*

87. — Cinq miniatures rondes : Portraits de femmes. Époque, Empire et 1830 (seront divisées).

88. — Trois miniatures ovales : Portraits d'hommes. Époque Louis XVI (seront divisées).

*

89. — Neuf miniatures ovales : Portraits de femmes Epoque Louis XV et Louis XVI (seront divisées).

90. — Quatorze miniatures ovales, sur ivoire, vélin et cuivre, de diverses époques (seront divisées).

91. — Miniature rectangulaire : *Homme et Femme.* Genre Deveria.

92. — Une autre : *Femme nue couchée.* Époque Empire.

93. — Plusieurs miniatures en lots.

94. — Miniature rectangulaire : *Monie et sa pénitente,* cadre Bagard.

95. — Miniature ronde : *Portrait de vieille femme en corsage gorge-de-pigeon.* Époque Révolution.

96. — Une autre : *Femme en peignoir blanc, décolletée, tenant une corbeille de fleurs.* Empire.

97. — Miniature ovale : *Femme en corsage ardoise, décolletée et poudrée.* Époque Louis XVI.

98. — Une autre : *Femme en Watteau bleu, décolletée et poudrée.* Époque Louis XVI.

99. — Une autre : *Femme en corsage gorge-de-pigeon et fichu.* Époque Révolution.

100. — Miniature ronde : *Femme en veste verte, décolletée et coiffée d'un chapeau noir.* Époque Louis XVI.

101. — Miniature ovale : *Femme drapée laissant voir un sein nu.* Époque Louis XVI.

102. — Miniature ronde : *Femme en robe blanche décolletée et poudrée jouant avec deux tourterelles.* Époque Louis XVI.

103. — Miniature ronde : *Jeune femme poudrée, coiffée d'un large chapeau, orné de fleurs et ruban, en corsage bleu laissant voir la poitrine nue qu'elle se pique avec une flèche tout en tenant de la main droite une corbeille de fleurs et de fruits.* Époque Louis XVI.

104. — Miniature ovale : *Une femme en robe rose décolletée.* Époque Louis XVI.

105. — Une autre : *Femme en corsage bleu décolletée.* Époque Louis XV.

106. — Une autre : *Jeune femme coiffée d'un chapeau orné de fleurs, en robe décolletée, tenant une grappe de raisin,* Époque Louis XVI.

107. — Une autre : *Femme coiffée d'un bonnet à fleurs et à ruban, en corsage vert, décolletée et poudrée tenant une rose.* Époque Louis XVI.

108. — Miniature ronde : *Femme en corsage, décolletée, coiffée d'un chapeau à plumes*. Époque Louis XVI.

109. — Miniature ovale anglaise : *Portrait de jeune femme*, cadre en argent orné de grenats.

110. — Miniature ovale sur cuivre : *Portrait de femme*. Époque XVIIIᵉ siècle.

111. — Miniature ronde : *Portrait d'homme*. Époque Directoire.

112. — Miniature ovale : *Portrait de femme, décolletée*. Époque Louis XV.

113. — Miniatures non cataloguées.

---

# STRAS, BIJOUX ANCIENS, BIBELOTS DE VITRINE

114. — Grande **boucle** ovale, stras sur argent, ancienne.

115. — Grande **boucle** ovale ajourée, stras sur argent, ancienne.

116. — Paire de grandes **boucles** festonnées, stras sur argent, anciennes.

117. — Paire de grandes boucles ovales, ajourées, stras sur argent, anciennes.

118. — Paire de **boucles** ovales, grandeur moyenne, stras sur argent, anciennes.

119. — Paire de **boucles** ovales ajourées, grandeur moyenne, stras sur argent, anciennes.

120. — Paire de grandes **boucles** ovales, stras sur argent, anciennes.

121. — **Boucle** carrée, stras sur argent, filet cuivre doré, ancienne.

122. — Petite **boucle** carrée, stras sur argent, ancienne.

123. — Moyenne **boucle** ovale, stras sur argent, ancienne.

124. — Petite **boucle** ovale, stras sur argent, ancienne.

125. — Bracelet perles, fermoir stras sur argent doré.

126. — Épingle-broche en or.

127. — Épingle de cravate or, ajourée à médaillon.

128. — Épingle de cravate broche, stras sur argent.

129. — Peigne, stras sur argent, ancien.

130. — **Plusieurs paters** émail cerclé cuivre, ronds et ovales, représentant en couleurs des figurines et scènes au ballon. Époque Louis XVI.
131. — Breloque. Jument et son poulain en argent et or.
132. — Épingle de cravate. Palefrenier étrillant un cheval, or et argent.
133. — Nœud formant broche, stras sur argent, ancien.
134. — Quatre gros **boutons** et cinq petits, forme damier, stras sur argent, anciens.
135. — Sept gros **boutons** stras sur argent, anciens.
136. — Quatre gros **boutons** stras sur argent, anciens.
137. — Deux gros **boutons** stras sur argent, anciens.
138. — Six petits **boutons** stras sur argent, anciens.
139. — Dix gros **boutons** cerclés cuivre et acier, paysages et personnages fixés, anciens.
140. — Dix-huit gros **boutons** représentant des cartes à jouer, anciens.
141. — Trois gros **boutons**. Vues de Paris, ancienne porcelaine de Sèvres.
142. — Collection de **boutons** anciens en nacre, stras, acier, cuivre, porcelaine, avec miniatures, gravures, fantaisies, etc.
143. — Médaillon en ivoire peint. La *Nativité*.
144. — Étui et carnet de bal, nacre et argent. Époque Louis XVI.
145. — Tabatière en écaille, couvercle fixé, sujet marine.
146. — **Sucrier** en argent. Époque Empire.
147. — **Mouchettes et plateau** en argent. Époque Empire.
148. — **Poupée** filant avec sa quenouille, pièce mécanique ancienne.
149. — Bibelots de vitrine non catalogués.

# MEUBLES

150. — Deux **Buffets** à crédence, sculptés, Louis XVI.
151. — **Commode** en marqueterie. Époque Louis XVI.
152. — Petite vitrine bois noir.
153. — Joli **bahut** ancien, chêne sculpté.

154. — Grand **bureau** à cylindre, en acajou, ayant appartenu au maréchal Moncey.

155. — **Bonnetière** en chêne sculpté, Louis XV.

156. — **Table** à ouvrage ovale, en acajou, à trois tiroirs, dessus marbre à galerie cuivre. Époque Louis XVI.

157. — Bureau dit **Bonheur du jour**, en acajou orné de ses cuivres, à grille. Époque Louis XVI.

158. — **Table à jeu** tournante, en marqueterie de fleurs et damier. Époque Louis XVI.

159. — **Bureau à cylindre** époque Louis XVI, marqueterie d'iris et de courbary ; richement garni de bronzes ciselés.

160. — Petite **Commode** garnie bronze en marqueterie de bois de rose à filets. Époque Louis XVI.

161. — **Encoignure** à tablettes, bois amarante. Époque XVIIIe siècle.

162. — **Remarquable bureau** en marqueterie de fleurs, rinceaux et chimères avec incrustations d'étain. Époque XVIIe siècle.

163. — **Toilette** à glace, jouet. Empire.

164. — **Console**, coffre à bijoux, porte-montre en acajou. Empire.

165. — **Commode** en noyer, jouet. Empire.

166. — **Glace psyché** avec tiroir. Empire.

167. — **Joli petit bureau** à dos d'âne, acajou, jouet. Époque Louis XVI.

168. — **Commode** dessus marbre en acajou, à trois tiroirs avec ses cuivres, jouet. Époque fin Louis XVI.

169. — **Deux chaises cannées** en chêne sculpté. Époque Louis XV.

170. — **Bureau-pupitre liseuse à écran**, orné de ses cuivres, pieds cannelés. Époque Louis XVI.

171. — Table à ouvrage marqueterie, style Louis XV.

172. — **Table à jeu** en acajou. Empire.

173. — **Six chaises et deux fauteuils**, garniture crin, acajou. Empire.

174. — Quatre chaises et deux fauteuils. Empire.

175. — **Guéridon** marqueterie bois satiné. Louis XVI.

176. — **Vitrine Normande** en chêne sculpté.

177. — Meubles non catalogués.

# OBJETS DIVERS

178. — **Pendule** bronze doré au mercure et ciselé. *Paul et Virginie portés en palanquin par deux nègres.* Empire.

179. — **Console** applique ionique, forme chapiteau, en bois sculpté et doré. Époque Louis XVI.

180. — Boîte à ouvrage en marqueterie, intérieur érable gris.

181. — Fort lot d'étoffes, galons, glands, passementerie et tapisseries au point.

182. — **Harpe** vernis Martin vert, ornée de bronzes dorés et ciselés. Époque Empire.

183. — Paire de **girandoles** cristal et bronze. Époque Louis XIII.

184. — Sept paires de flambeaux divers.

185. — Horloge cuivre, boîte en cerisier.

186. — **Lustre en bois sculpté et doré.** Époque Empire.

187. — Deux **lanternes** anciennes en cuivre.

188. — **Trois portières** et bandes damas soie groseille Louis XIV.

189. — **Lutrin** bois sculpté peint et doré. Époque Louis XIV.

190. — Quantité d'objets et curiosités divers par lots.

191. — Christ en ivoire, ancien.

192. — Paire de flambeaux en bronze doré et ciselé.

193. — **Potence** en fer forgé. Époque xviie siècle.

194. — **Fontaine** en cuivre repoussé, ornée de mascarons et représentant le général **Daumesnil** à cheval ; aigle impériale au fronton avec la date 1814. Sur la face du bassin trophée de drapeaux et sur le côté on lit : « Je vous rendrai la place quand vous m'aurez rendu ma jambe ».

195. — Grande **tenture** en velours de Gênes, rouge uni, ornée d'applications en soie verte, jaune et bleue. Longueur 5m,50, hauteur 1m,53. Époque xviie siècle.

196. — Lot de **bronzes** d'ameublement dorés et ciselés anciens.

197. — Objets divers non catalogués.

198. — **Collection de cocardes françaises** de Louis XVI à Louis-Philippe.

199. — Quantité de passementerie, frange et galon ameublement.

200. — Paire de flambeaux en bronze, xviiie siècle.

# ANTIQUES

201. — **Rhyton** italo-grec. Vase servant à boire. Pièce rare et
artistique, décors en relief représentant des courses
de chars antiques avec béliers. Anse formée d'une
Vénus pudique posée sur un mascaron. Bec forme
trifolium.

202. — Plusieurs bouteilles et vases lacrymatoires.

203. — **Boucle** complète en bronze argentée et gravée.

204. — **Statuette** de Mercure trouvée à Vienne (Isère).

205. — **Collier** composé de vingt-sept grains d'ambre, de
boules de pâte de verre, de calaïs, de succin coloriés
et taillés; plusieurs ayant servi d'insignes au sacer-
doce druidique.

206. — Ustensiles et bijoux divers romains et gallo-romains.

207. — Plusieurs médailles et monnaies.

208. — Antiques non catalogués.

209. — Objets omis au présent catalogue.

IMPRIMERIE CHAIX, RUE BERGÈRE, 20, PARIS. — 22934-10-99. — (Encre Lorilleux).

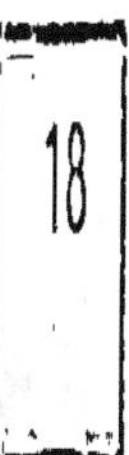


MIRE ISO N° 1
NF Z 43-007
**AFNOR**
Cedex 7 - 92080 PARIS-LA-DÉFENSE

379.89.70
graphicom

# BIBLIOTHEQUE NATIONALE DE FRANCE

****

# CHATEAU DE SABLE

1996